AF362434

COPIE FIGURÉE

D'UN

ROULEAU DE PAPYRUS

TROUVÉ A THÈBES.

A STRASBOURG,
DE L'IMPRIMERIE DE F. G. LEVRAULT.

COPIE FIGURÉE

D'UN

ROULEAU DE PAPYRUS,

TROUVÉ A THÈBES,

DANS UN TOMBEAU DES ROIS;

PUBLIÉE PAR **M. CADET**,

Directeur des contributions du département du Bas-Rhin, Inspecteur du cadastre, et Membre de la Société d'agriculture, sciences et arts, du département du Bas-Rhin, et de plusieurs autres Sociétés littéraires.

A PARIS.

LEVRAULT, SCHOELL ET COMP.ᴵᴱ, RUE DE SEINE.

XIII — 1805.

A SON ÉMINENCE

MONSEIGNEUR LE CARDINAL

FESCH,

Archevêque de Lyon, grand Aumônier de l'Empire, Sénateur, Grand-cordon, Ministre plénipotentiaire de S. M. l'Empereur des François près le Saint-Siége, etc. etc.

Monseigneur,

L'hommage que votre Éminence daigne agréer de la gravure du curieux papyrus égyptien trouvé dans les tombeaux des rois de Thèbes, m'est aussi flatteur, aussi doux après mes longs et pénibles travaux, que peut l'être au voyageur fatigué le repos dont il jouit en promenant ses regards sur les pays éloignés qu'il a parcourus et sur le terme voisin de sa route.

Quel heureux présage de succès doit être pour moi, lorsque je publie ce monument, l'approbation et l'en-

couragement que me donne votre Éminence, qui sait apprécier avec tant de sagacité les productions des arts !

Cette raison eût déterminé mon hommage quand même je ne vous eusse point dû, Monseigneur, le témoignage public des sentimens que m'ont depuis long-temps inspirés les marques de votre bienveillance, et l'abri assuré que vous m'offrîtes près de vous, même au milieu des mers, dans les temps orageux de la révolution.

Agréez encore, avec ce tribut de ma vive reconnoissance, l'expression de mon dévouement pour votre personne.

Je suis, avec un très-profond respect,

MONSEIGNEUR,

DE VOTRE ÉMINENCE

Le très-humble et très-obéissant serviteur,

CADET.

NOTICE

SUR UN ROULEAU DE PAPYRUS

TROUVÉ A THÈBES.[1]

Le rouleau de papyrus égyptien dont je soumets la gravure aux savans, menaçoit de tomber par fragmens lorsque je le reçus de l'audacieux voyageur qui, peu de temps auparavant, l'avoit, au risque cent fois couru de perdre la vie, tiré des tombeaux des rois de Thèbes. Il fallut, pour le conserver, dompter une curiosité pressante, et ne le développer qu'après avoir disposé les moyens de le faire avec succès.

Une légère percale, bien étendue sur un long cadre de bois, fut enduite, avec économie, d'une eau dans laquelle des rognures de peau de mouton blanche étoient restées en macération. Mon épouse, en soutenant, avec autant de délicatesse que de vénération, ce frêle papyrus, le déroula sur cette toile, tandis que sa fille attentive plaçoit l'enduit à mesure du déve-

---

***

loppement. Je me réservai le soin de veiller à ce que
des parcelles adhérentes plus fortement au papyrus
intérieur s'en détachassent simultanément, et fussent
de même fixées sur la percale.

Il nous fallut beaucoup d'attention et de patience
dans ce travail, qui nous occupa pendant quarante-
huit jours; mais nous en fûmes bien récompensés en
découvrant le précieux tableau de l'agriculture, et
celui qui semble représenter un aréopage, un jugement, ou l'initiation aux mystères. M. Oberlin, correspondant de l'Institut, vint plusieurs fois durant ce
travail difficile en partager les soins et les agrémens:
plusieurs fois il vint suivre les détails du calque, et
plus souvent encore ceux de la gravure, exécutée,
sous mes yeux et dans ma maison, par le graveur Le-
fevre, trop habile imitateur des billets de la banque
de Vienne, etc.

Je dois enfin au zèle que M. Oberlin a ranimé en
moi lorsque la perte de mon épouse m'accabloit de
douleur, l'avantage de livrer ce beau monument à la
méditation des hommes instruits, tandis qu'ils ont
sous les yeux la triple inscription de Rosette, pour
les aider à dévoiler le système profond de l'écriture
hiéroglyphique, en se plaçant à l'époque de son
invention.

Celui qui, ne craignant point de s'écarter de la
marche actuelle et sûre des connoissances, voudroit,
autorisé par les passages de Critias, de Timée, rappor-
tés par Platon, par ceux d'Hérodote, de Plutarque,
de Diodore de Sicile, d'Horapollon, de Marcellin, etc.,
se livrer à des conjectures, verroit dans le tableau de
la première feuille une assemblée de juges sans mains,
un jugement, ou plutôt une initiation aux mystères
d'Isis, et l'épreuve du sang subie par le récipiendaire.
Dans la seconde feuille il reconnoîtroit un code de lois
où, pour désigner la valeur de ces mots *celui qui fera,*
l'on a représenté un individu devant lequel est une
plume indiquant le temps futur. Il penseroit que les
caractères qui sont au-dessous de ces deux premiers
tableaux déterminent l'action; que les balances annon-
cent les lois, et que les caractères placés sous chacune
de ces balances sont le dispositif de ces mêmes lois.
Pour lui, la position singulière du personnage qui,
sur la septième feuille, a la face tournée du côté opposé
aux genoux, seroit l'image du soleil se levant à l'en-
droit ordinaire de son coucher; événement dont parle
Hérodote[1] d'après les prêtres d'Égypte. Le même interprète se persuaderoit, 1.° que les figures des onzième,

---

[1] Bis solem illinc exortum ubi nunc occidit, bis autem unde nunc oritur illic occidisse.... *Hérodote, Euterpe, liv. II, pag.* 23o, *Lyon,* 155i.

douzième, treizième et quatorzième feuilles, rappellent
l'époque de l'inclinaison de la terre et de son premier
balancement des signes méridionaux aux signes septen-
trionaux ; 2.° que les douze feuilles de lotus représen-
tent douze mois, dont trois se succèdent, parce qu'à
l'époque d'une crise telle que celle de la chute de
l'Atlantique, le globe terrestre a pu éprouver dans son
mouvement une accélération et peut-être même une
rétrogradation éphémères. La dix-huitième feuille lui
marqueroit la division du cours de la lune en quatre
parties, de sept jours chacune, indiqués par les sept
denticules devant lesquels sont, entre deux femmes
debout, deux femmes assises, l'une à l'est et l'autre à
l'ouest, etc.

Mais ainsi lancé dans le vague immense des conjectures, cet audacieux interprète seroit peut-être un
guide dangereux à suivre. Sans le juger, il m'a paru
convenable de me borner à transcrire ici le rapport
fait à l'Institut par M. Camus, et celui des commissaires
de la Société d'agriculture, sciences et arts, de Strasbourg. Je dois observer néanmoins que M. Camus s'est
trompé dans sa conjecture sur la personne de qui je
tiens le rouleau.

RAPPORT

Fait à l'Institut national par M. Camus.

J'ai vu à Strasbourg un rouleau d'écriture égyptienne, plus considérable et plus beau que tout ce que je connois en ce genre ; savoir : le rouleau gravé dans les Mémoires ou Journal de Trévoux (Juin 1704); le rouleau conservé dans le cabinet de l'Institut ; le rouleau publié par Caylus (Antiq. Égypt. t. I, pl. 21); et les rouleaux gravés par le citoyen Denon (planches 136 et 137). Le rouleau de Strasbourg a de commun avec les autres d'être distingué par des carrés formant comme autant de pages : mais il en diffère par sa longueur, n'ayant pas moins de onze mètres six décimètres (six toises) de longueur; par les dessins figurés au haut des pages, et qui sont enluminés; par la matière sur laquelle il est écrit, et qui n'est pas une toile comme les rouleaux du Journal de Trévoux, de l'Institut et de Caylus, mais du papyrus, dont plusieurs feuilles ont été assemblées les unes à la suite des autres, comme dans le rouleau de Denon; par la forme des caractères, qui sont hiéroglyphiques et non d'écriture courante. La hauteur du rouleau est de vingt-un centimètres, quant à la partie remplie par l'écriture ou par les tableaux. Ce beau monument est entre les mains de M. Cadet, directeur des contributions publiques, auteur de plusieurs ouvrages présentés à l'Institut. J'ai lieu de croire qu'il a été rapporté d'Égypte par M. Poussielgue, qui y fut payeur de l'armée. Il a été déroulé avec beaucoup de peine et de soins par M. Cadet, qui l'a collé sur toile et qui m'a assuré que c'étoit une seule pièce composée de plusieurs feuilles, ajoutées les unes aux autres. Il en a calqué beaucoup de figures, et il se proposoit d'ouvrir une souscription pour les faire graver. Depuis long-temps on forme des souhaits, inutiles jusqu'ici, pour que l'on déchiffre l'écriture hiéroglyphique : mais indépendamment de la lecture des hiéroglyphes, le rouleau dont je parle aura son utilité; les dessins, qui y sont très-multipliés, présentent la figure de plusieurs instrumens en usage chez les Égyptiens, entre autres celle de leur charrue.

RAPPORT

Fait à la Société d'agriculture, sciences et arts, du département du Bas-Rhin. [1]

M. Cadet, notre confrère, possesseur d'un rouleau égyptien, aussi précieux pour la matière, qui est de papyrus, que pour son contenu, puisqu'il représente plusieurs tableaux peints, avec quelques centaines de colonnes d'écritures hiéroglyphiques, surmontées de figures coloriées, se propose de le communiquer au public. Il est d'autant plus à désirer qu'il puisse exécuter ce projet, que la matière en étant extrêmement fragile, on risque de perdre dans peu cet intéressant monument. M. Cadet, pour le sauver, a pris la peine de le copier, de façon qu'il pourra être mis au jour, soit par la gravure, soit par quelque autre voie.

La Société se souviendra sans doute que M. Cadet lui a fait, le 20 du mois de Messidor, le plaisir de présenter sa copie : il demanda alors qu'elle nommât dans son sein des commissaires pour vérifier ladite copie en la comparant avec l'original, afin que le public pût être assuré de la fidélité du copiste.

Nommés par la Société, nous nous sommes transportés à cet effet chez M. Cadet, le 26 du même mois, et avons examiné avec scrupule ladite copie, que nous avons trouvée exacte et fidèle.

Nous sommes bien persuadés que la publication de ce monument de la plus haute antiquité fera le plus grand plaisir au public, d'autant que ce sera la première fois qu'un tel rouleau paroîtra. Ce qui le distingue particulièrement, ce sont trois

---

[1] Séance du 6 Nivôse an 12.

tableaux coloriés, placés à certaine distance, dont le premier, qui se trouve à la tête du rouleau, représente l'objet d'un traité qui paroît se rapporter à la justice, et où Osiris, assis sur le trône, semble jouer le rôle principal; les deux autres tableaux se rapportent à l'astronomie et à l'agriculture.

Dimensions du rouleau.

	mètres	décim.	centim.	millim.
Longueur du rouleau	9	=	2	3
Hauteur du rouleau . . . . =		2	1	7
Largeur des colonnes écrites. . . . . . . =		=	1	6
Largeur du tableau d'astronomie . . . . =		=	6	7
Largeur du tableau de l'agriculture . . =		2	7	3
Largeur du tableau de la justice . . . . =		4	3	1

Division des colonnes.

Depuis la première jusqu'au tableau de l'astronomie. 4

Depuis ce tableau jusqu'à un intervalle de deux colonnes 239

Depuis cet intervalle jusqu'au tableau de l'agriculture 151

Depuis le tableau de l'agriculture jusqu'à celui de la justice 143

Signes de repos.

Du premier tableau à l'intervalle, 7; de l'intervalle jusqu'au tableau de l'agriculture, 16; du tableau de l'agriculture jusqu'à celui de la justice, 9.

Signé : Hermann, Maire de Strasbourg, Président de la Société; Gerboin, Professeur de l'école spéciale de médecine de Strasbourg, Secrétaire-général de la Société; et Oberlin, Professeur à l'Académie protestante de Strasbourg, correspondant de l'Institut.

5

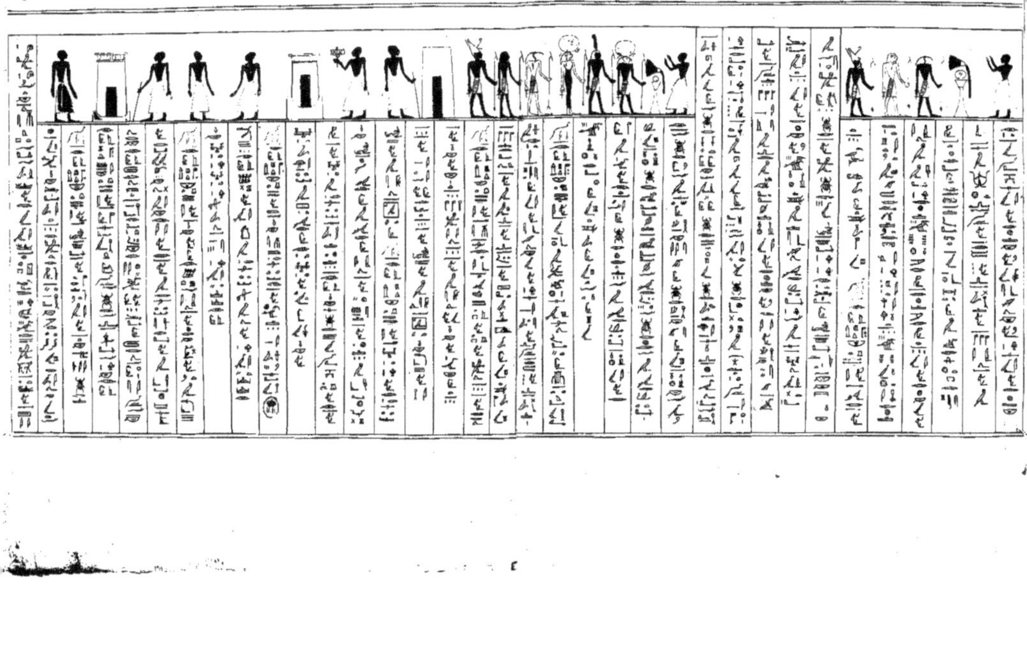

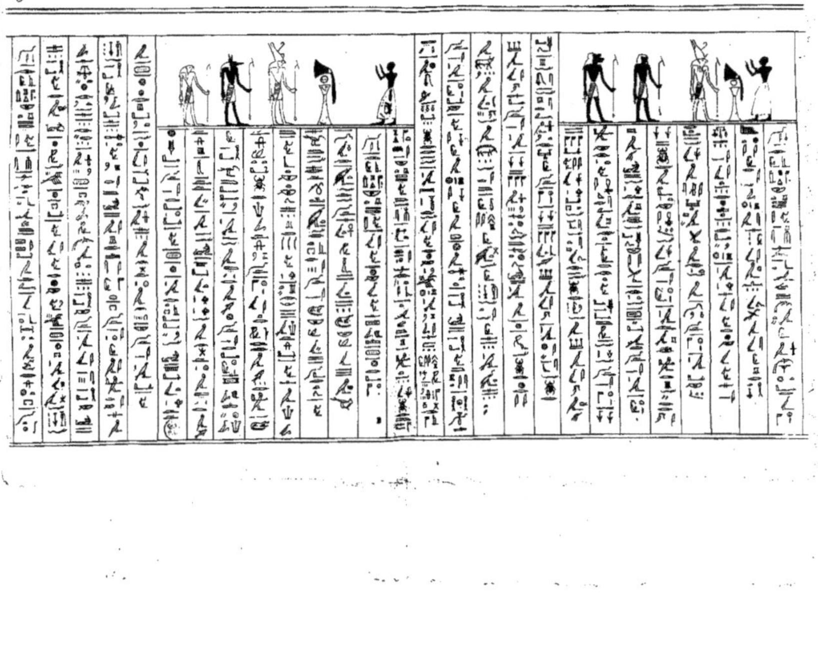

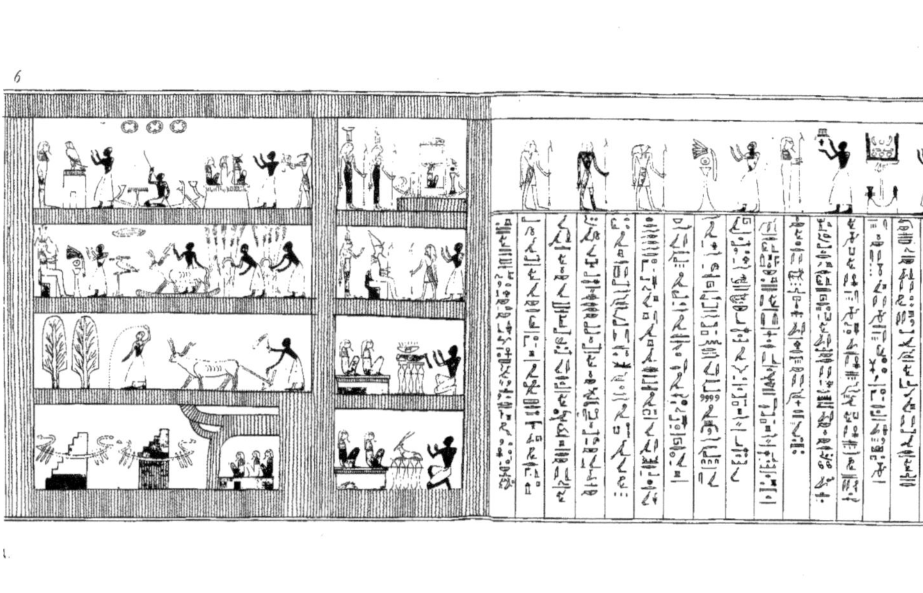

[illegible]

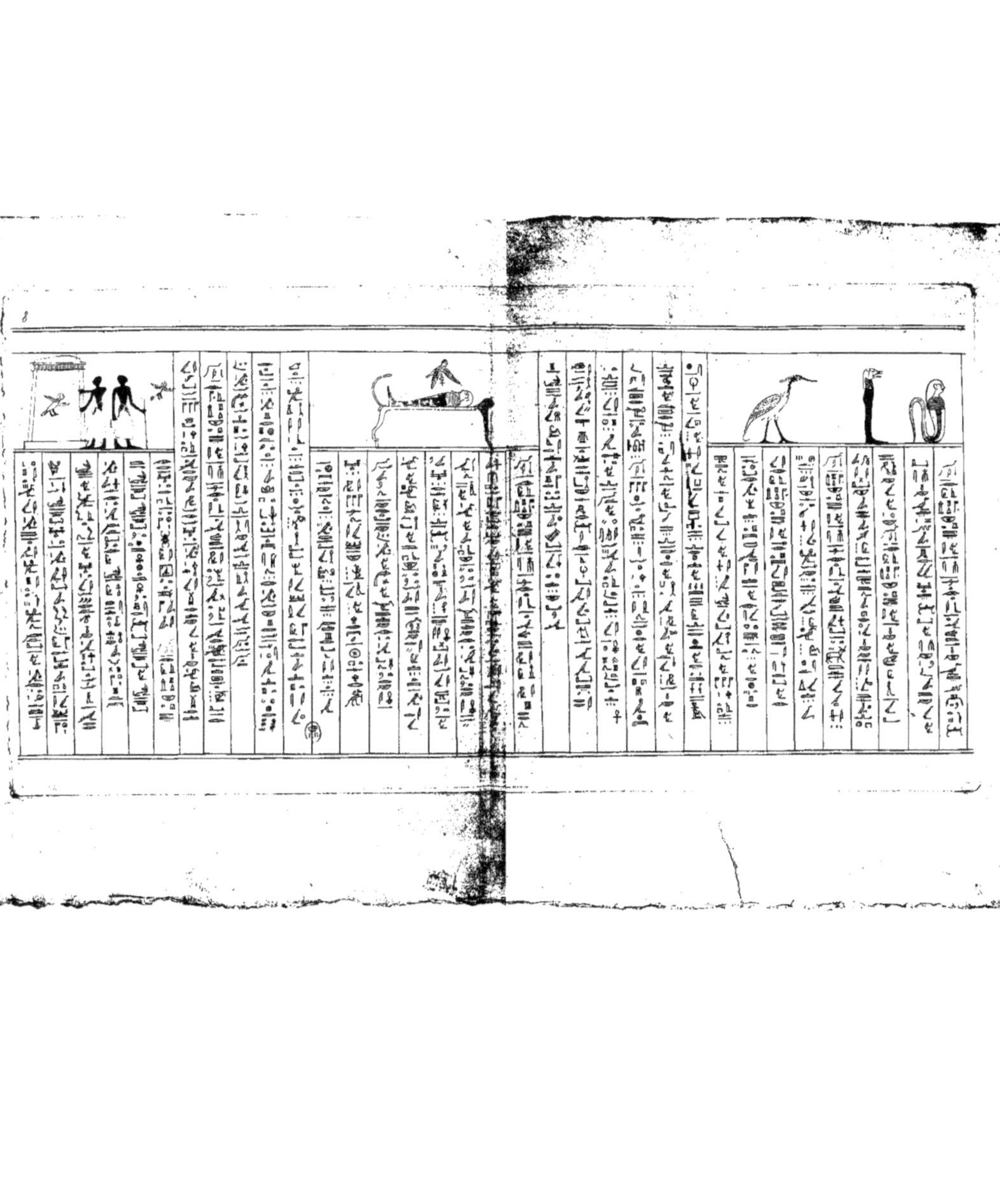

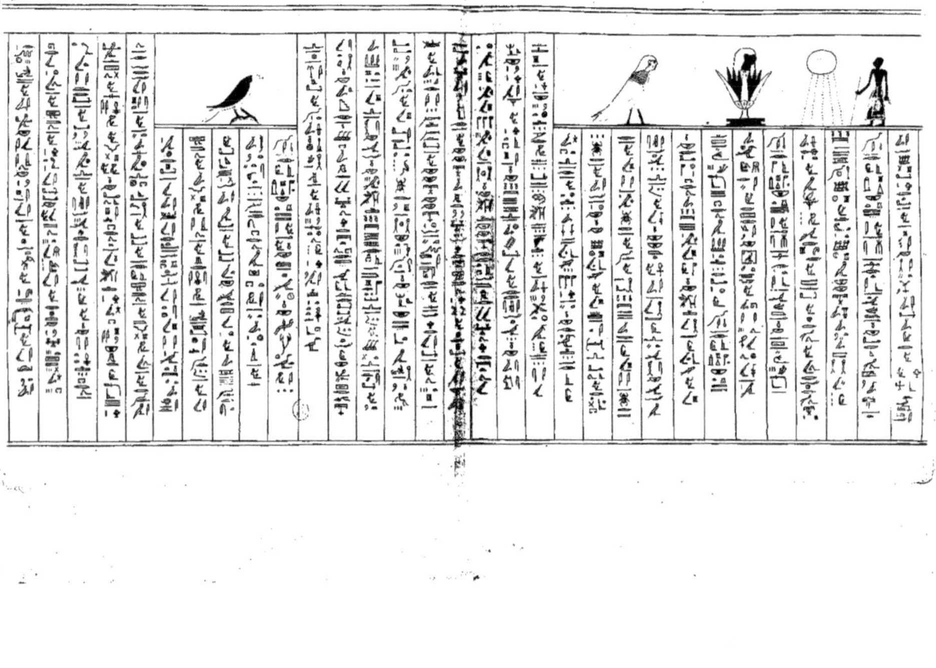

9

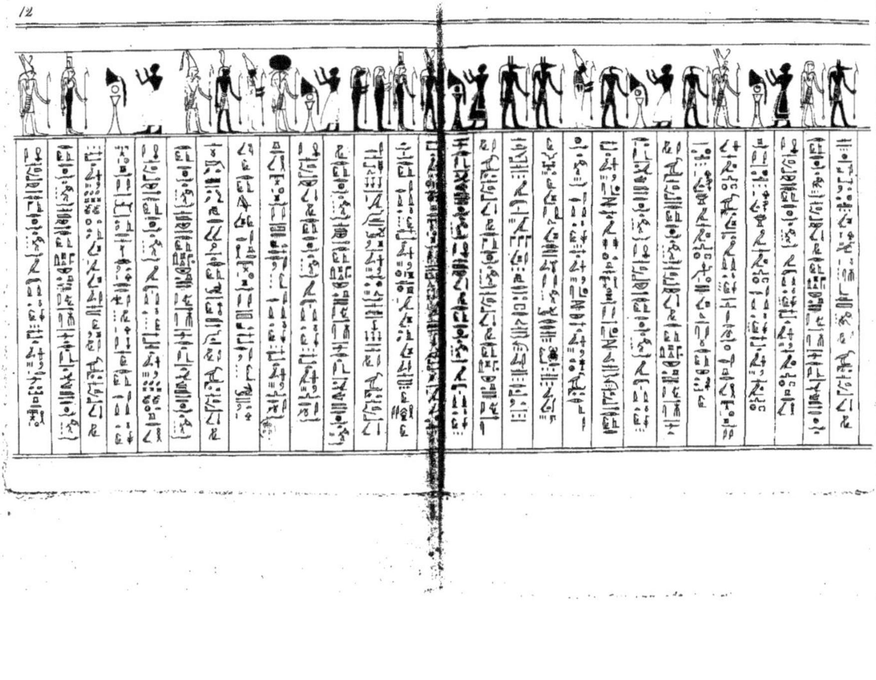

13

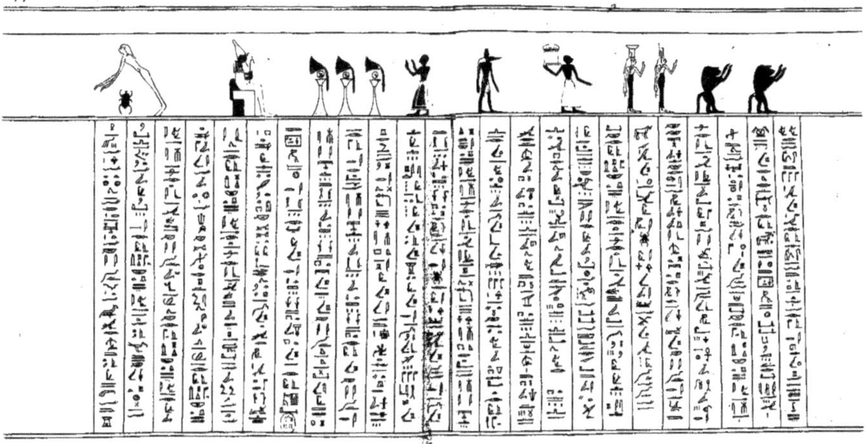

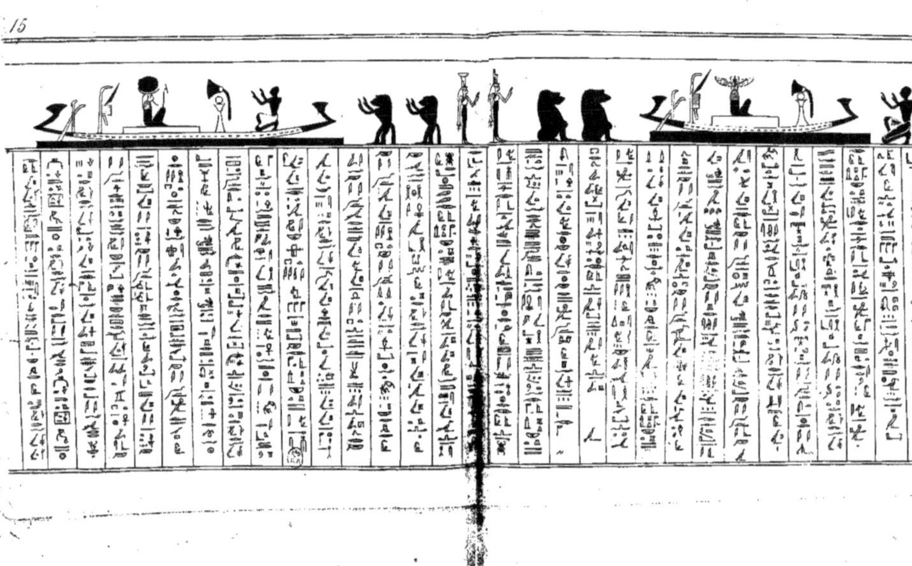

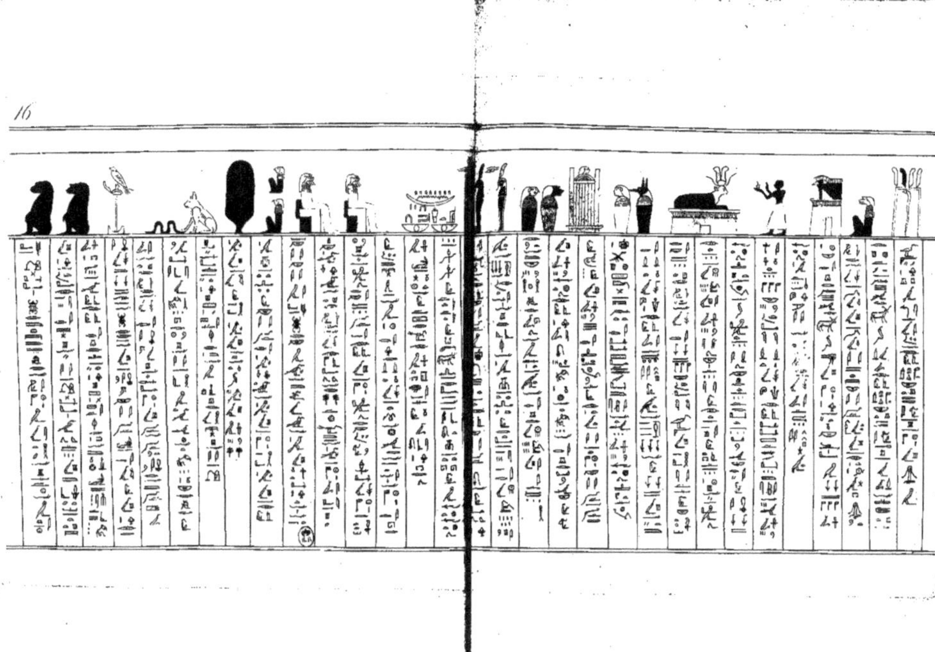

17

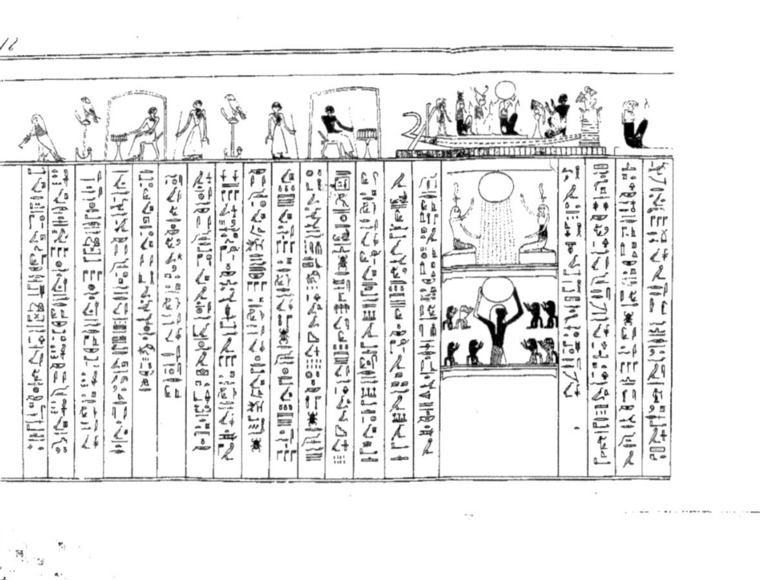

9 782329 692067